Ye

3137

LE PARANIMPHE DV ROY.

Par NICOLAS IAMIN TOVRANGEAV.

A PARIS

Chez NICOLAS GASSE, au mont
sainct Hilaire, prés la cour d'Albret.

M. DC. XLIX

Auec Permißion.

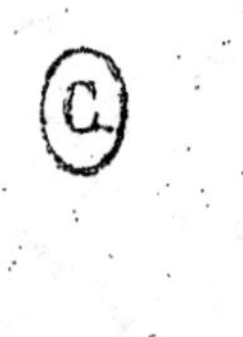

LE PARANIMPHE
de Louis quatorze Roy
de France & de Na-
uarre.

Vguſte rejeton des grandeurs de
    ton Pere,
Comble de nos ſouhaits, aſtre
    doux & proſpere;
Digne fruict arrouſe de la manne des Cieux,
Source qui nous produit vn Nectar gracieux,
Petit fils d'vn Herculle, heritier de ſa gloire,
Support des bons eſprits, ornement de l'hiſtoire
Miracle continu qui te fais adorer,
Prince le plus benin qu'on puiſſe deſirer,
Eſclaire mon eſprit d'vn rayon de ta grace,
Et fais qu'en ce deſſein ma plume ſe ſurpaſſe;
Et voyant tes vertus croiſtre de iour en iour
Ie ſens vn feu nouueau qui nourriſt mõ amour
Ie n'ay point d'autre objet que de faire vn ou-
    urage,
Ou les ſiecles futurs admirent ton courage,
Ie ſuis ſi ſatisfait lors que ie t'aperçoy,

Que si tu cognoissois le bien que i'en reçoy,
Pour esprouuer l'ardeur d'vn courage fidelle.
Et payner dignement mon respect & mõ zelle
Tu voudrois te seruir de mon affection,
Il n'est rien au dessus de mon ambition,
Lors que ton interest fait mespriser la vie,
La perdant pour son Prince elle est tousiours
  suiuie
D'vne fin glorieuse & pleine de bon heur,
C'est de cette façon qu'on meurt au lict d'hon-
  neur.
  Desia toute la France admire ta ieunesse,
Tu regles tes discours auec tant d'adresse,
Tu prens tant de plaisirs aux ebats vertueux,
Ton cœur est si facille & si respectueux
Qu'il se laisse traitter par la sage conduitte
D'vn Beaumont que ton pere à commis à ta
  suitte,
On ne peut trop vanter tes belles qualitez,
Tes ieunes yeux n'ont veu que deux fois cinq
  estez,
Et le bruit de ton nom s'enua de polle en polle,
Tous les Princes du monde iront à ton escolle
Tu seras desormais l'arbitre des humains,
Tu tiendras & la guerre, & la paix en tes
  mains;
Ie seray spectateur & soldat tout ensemble;

Ie

Ie verray pres de toy ton ennemy qui trembles,
Ce bras de ta vertu n'est point abandonné,
Plus de peril est grand, moins il est estonné:
L'ennemy dans le Camp fera son cimetiere
Son traistre aueuglement seruira de matiere,
Au dessein que ie fais de tracer tes combats,
Dans l'esclat de ta veuë il met les armes bas.
Et ie seray côtraint au lieu d'ancre & de plume,
De rechercher son sang pour tirer ce volume,
Ie peindray sa desroutte & son cœur deffailly
Iescriray ta valeur dont il est assailly,
Sous le poids des cheuaux ses rages estouffées
Donneront du credit à tes ieunes trophées
Ie me veux enfoncer dans la presse des coups,
Pour voir comme il faut peindre vn soldat en
    courroux.
    Quand le Prince aux dangers fait luire son
    visage,
Il redouble des siens la force & le courage,
La gloire de le suiure eschauffe nos desirs,
On court dans les hazards auec mille plaisirs
Qu'vn esprit est puissant que l'hôneur esquil-
    lonne!
Et qui le veut gaigner dans les champs de Bel-
    lonne,
Quand la peur de la mort viendroit pour le têter
Sans craindre & sans pallir il l'iroit affronter,

B

Le rapport qu'on nous fait de ce Prince de Grece
De qui l'antiquité nous a despeint l'adresse,
N'a rien de comparable a ces diuins ressors,
Qui font si bien mouuoir ton ame & ton beau
    corps,
On dit que cét Achille auoit beaucoup de charmes
Qu'il auoit bonne grace à manier les armes,
Que son air estoit libre à sauter, à dancer,
Et qu'aucun de son temps ne le peut deuancer
Qu'il estoit si bien né dedans chaque exercice,
Que personne auec luy n'osoit entrer en lice :
Mais ces foibles hõneurs ne font rien pres de toy
Il seroit estonné de ton diuin employ,
Aupres de tes rayons sa clarté deuient sombre,
Tu possede l'effect dont il n'auoit que l'ombre,
Ces noms auantageux qu'on cherche vainement
Ne font a ta grandeur qu'vn trop bas ornement,
Parler de tes vertus & les vouloir escrire,
On compteroit les fleurs qui tremblent sous Ze-
    phire,
On reduiroit plustost l'Ocean irrité,
Et plustost on tiendroit le Soleil arresté,
Les siecles à venir verront milles beaux gestes,
Qui ventrõt ta loüange & ton nom manifestes,
La tige des BOVRBONS en toy refleurira,
Et de bouche & de cœur chacun te benira.
    Qu'on ne m'allegue point vn fugitif Ænée

Qui malgré les hazards suiuit sa destinée,
Ces tiltres fabuleux qu'on donne à sa grandeur
Prez de tes qualitez sont de mauuaise odeur.
On a beau nous vanter son illustre origine,
Et le faire sortir d'vne race diuine,
Luy donner des autels & loger ses ayeux
Dans ces niches d'Agate, ou l'on place les Dieux,
Ces foiblesses d'esprit sont des contes friuolles
Ie m'arreste aux effets & non pas aux paroles.
Qui voudroit rapporter tant de beaux tesmoi-
   gnages,
Que l'histoire nous rend de si grands personnages
Il seroit mal-aisé d'en faire le discours,
Sans emprunter du Ciel vn visible secours.
O digne possesseur des plus rares merueilles?
Ie sçay bien que mon stille offence tes oreilles,
Et que c'est n'auoir pas le iugement bien sain,
D'engager ma foiblesse en vn si haut dessein:
Mais l'extreme desir ou mon espoir se fonde,
D'estre cognu du fils du plus grãd Roy du monde,
Me fait prêdre auiourd'huy des sentiers escartez
Pour m'approcher plus pres de tes viues clartez,
Ie seray satisfait de ce penible ouurage,
Quand chacun y verra ta grace & ton courage,
Si ton œil curieux le regarde vn moment,
Mon cœur sera plongé dans vn rauissement.
   s lieux tousiours parez d'vne aimable pein-
      ture

Ou l'art en mille endroits surpasse la nature,
Donnent de tous costez des diuertissemens,
Qui seruent de matiere à tes contentemens:
Pour tesmoigner desia ton ardeur genereuse
Qui promet à la France vne fortune heureuse,
Que tu seras du Roy le parfait heritier,
Tu te fais de bonne heure apprendre son mestier.
Mille petis soldats dedans leur premier aâge
Sous tes ieunes exploits font leur apprentissage,
Les vns pour t'obeir leuent de petits forts,
Se retranchent dedans, repousent les efforts,
Des foibles ennemis qui les veullent surprédre:
L'vn à les attaquer, & l'autre à les deffendre,
Sont animez de gloire à qui fera le mieux,
Voyant que leur valeur se presente à tes yeux:
   O Merueilleux Louis que ta gloire est cer-
     taine !
Que tu seras vn iour vn puissant Capitaine !
La Palme & les Lauriers n'aissent dessous tes
     pas,
Et ton diuin esprit n'agit que par compas.
   O Celeste Louis victorieux Monarque
Considere ce fils qui gouuerne ta barque:
Tes peuples desormais ne sçauroient tresbucher
Vn Phenix immortel renaist de ton bucher,
Vn valeureux Louis preside à leur fortune,
Et dedans les perils comme vn autre Neptune,
               Modere

Modere le couroux des flots seditieux,
Et punit hardiment ces monstres vicieux.
Ton exemple l'instruit, il est tout magnanime,
Il porte comme toy ce tiltre legitime,
De Iuste, de vaillant, de sage & de vainqueur,
Le pourtrait de sa vie est graué dans son cœur,
Il reigle ses desseins sur le plan heroique
De ses rares vertus que tu mis en pratique :
Tes belles actions esleuent ses desirs,
Et tes felicitez confirment ses plaisirs,
Il sçait bien que la gloire aux voluptez s'oppose
Que l'espine tousiours accompagne la rose,
Que c'est par le trauail qu'on entre dans l'hon-
neur
Et qu'il faut resister au charme suborneur,
Dont le vice est armé pour perdre l'innocence
Que le Ciel est content de son obeissance ?
Qu'il estime son zele & sa fidelité !
Son cœur est le palais ou regne l'equité.
Son destin genereux nous predit des merueilles,
Qui seront l'argument de nos soigneuses veilles
Iamais sa pureté ne se voit offencer,
La pompe de sa Cour ne peut l'embarrasser,
Du mespris du peché ses vertus sont escloses,
Son ame ne se plaist que dans les bonnes choses,
Il sacrifie à Dieu toutes ses actions,
Et rien que son amour n'esmeut ses passions.

C

O terre glorieuse, & riche d'esperance,
Que tu peux te vanter de cette preference,
Qu'on donne à ton bon heur par dessus l'vniuers,
Quel peuple t'oseroit regarder de trauers,
Ayant pour ton appuy cet astre fauorable,
Qui te doit maintenir dans vn repos durable?
    O Roy le plus benin qui soit dans la nature,
Si ie ne puis tirer d'vne viue peinture,
Les grandes qualitez, dont le Ciel t'a doué
Si tu te vois icy trop bassement loüé,
Pardonne à mes deffauts & considere vn ame
Qui n'a pour ta grandeur que des desirs de fla-
    me,
Qui pense a tout moment a tes hautes vertus,
Par qui tant d'orguilleux ont esté combatus,
Ie te donne mon cœur, c'est vn pur sacrifice,
On ne te sçauroit rendre vn plus digne seruice,
Tous les autres presens sont des dons superflus,
Et Dieu ne reçoit rien qui le contente plus.
I'emprunte le secours de ces belles charites,
Pour oser librement annoncer tes merites,
Ie veux suiure vn mestier qui m'estoit incognu
Pour peindre tes beaux faits d'vn craion continu
Ie suis comme celuy qui voulus entreprendre,
Pour se faire cognoistre au diuin Alexandre,
De se presenter nud deuant sa Maiesté,
L'amour m'a reuestu d'vne simplicité

M'a fait prendre l'habit des filles de memoire
Pour approcher mes yeux d'un rayon de ta gloire.

SI tu veux O mon Roy, me souffrir un mo-
ment,
Tu me faits posseder un vray contentement
Mon ame de plaisir est doucement esmuë,
Quand sur ta Maiesté ie promeine m'a veuë,
Lors que ie te regarde aussitost ie ressents,
Mille & mille transports qui charment tous
mes sens,
Cet ouurage n'est rien qu'une table d'attente,
Ie promets à ton nom une plume constante,
Et sans m'enueloper de trop de vanité,
Ie te feray luitter contre l'eternité.

FIN.